Corinna Franke

Lesebuch
(Band II)

Corinna Franke

Lesebuch
(Band II)

mit Bildern der Autorin

© 2020 Corinna Franke

Herstellung und Verlag:

BoD - Books on Demand, Norderstedt

ISBN: 978-3-7526-1165-6

Inhalt

Seelentuch 7

Du sagst … 9

Aus meinen Schuppenflechten … 11

Wir gehen … 13

Hass 14

Schwere 19

Sie hatte gestern … 21

Haikus 24

Ich hatte eine Flause … 29

Verpuppung 31

Es ist kurz … 33

Früher hatte ich … 35

Alliteration im Schlafzimmer   **36**

Diese Zeilen ...   *38*

Mein Kopf voller ...   *41*

Cher   **43**

Die Leiden des Anton O.   **47**

Die neuen Leiden des Anton O.   **49**

Aus dem Leben eines J.   **51**

Im Park   **53**

Der Dunkle I   **55**

Der Dunkle II   **59**

Das Weltenrad ...   *63*

Seelentuch

Ich stehe
gebückt
zwischen
Küche und Flur.
Ich trage
ein weißes Gewand –
ein Nachthemd
oder ein Hochzeitskleid –
und
bin
auf der Schwelle
mit Reißzwecken
festgepiekt.
Würde ich mich
aufrichten,
würde mein Seelenkleid
zerreißen …

(Blick aus dem „Fuchsbau")

Du sagst:
Nein, danke,
kein Interesse
und
nimmst
Deine Frau
fester in den Arm.
Aber Du hast
mir ein Geschenk
gemacht:
Überall
hängen Blätter
an den Gebäuden,
den Gegenständen,
dem Stuck.
Es sieht wunderschön
aus.

(Mohnfeld)

Aus meinen
Schuppenflechten
wachsen
Sträuße,
rosa Blüten
mit goldenen
Blättern.
Ich pflücke
sie ab
und
verschenke sie.
Der letzte
Strauß,
den ich
abnehme,
wird
in meiner
Hand
zu einem
Strauß
aus Blei-
und Buntstiften,
die ich im
Schulunterricht
gebraucht habe.
Ich behalte ihn.

(Dvorac's Hütte)

Wir gehen
ins Freibad.
Du gehst
in eine Kabine.
Nach einiger Zeit:
Heraus kommt
Deine Namensvetterin
aus Schultagen,
in gestreiftem Shirt.
Sie war genauso
wortkarg wie Du, mein Freund,
und
hatte auch lange,
rote Haare.
Sie wirft ihre Haare
nach vorn,
ich will an
ihr vorbeigehen,
ich stoße
- sie, mich -
am Ellenbogen.

Hass

Sie hatte keine andere Wahl, sie musste sich neben den verhassten W. setzen.
Doch kurz bevor sie sich setzte, sah sie, dass in der Reihe davor, direkt vor W., ein Platz frei wurde.
„Das ist immer noch besser, als neben ihm zu sitzen", dachte sie.

+++

W. war der Pirat an Land. Seine Gefolgschaft hörte auf ihn. Sie nannten ihn zärtlich „Hasso".

+++

Als er sie das 1. Mal sah, bezeichnete er sie als ein bestimmtes Möbelstück, in das man Kleidung tat. Sie hatte keine Chance, sie war direkt abgeschrieben.

+++

Einmal trat sie W. aus Wut in den Hintern, verfehlte aber leicht ihr Ziel und traf W. Hoden.
„Ah!", schleimte er, „noch mal!"

Sie ekelte sich fürchterlich.

+++

Sie hatten alle ein Bild gemalt und an der Wand
aufgehangen.
W. lobte ihr Bild sehr, da er nicht wusste, dass
es ihres war.
Das gab ihr innerliche Genugtuung.

+++

W. war nicht schön und nicht klug, aber ihren
Piraten „Hasso" liebte die männliche Crew.

+++

Sie schlief einmal mit W. Sie verstand sich
selbst nicht, bis ihr ein Fachmann erklärte,
negative und positive Anziehung hätte die
gleiche Energie.
Sie fühlte sich hinterher beschmutz, benutzt,
beekelt und verwirrt.

+++

W. lobte ihr blaues Kleid und sie hatte eine
negative Freude empfunden, in der Art: „Es ist
mir eigentlich egal, aber wenigstens gefällt ihm
etwas an mir."

+++

W. war vulgär, erwähnte die riesigen Brüste
einer liegenden Frau im Freibad.

+++

W. war gemein, er machte Mitglieder aus
seiner Gefolgschaft betrunken, um sie dann
auszufragen.
Er war der Hass.

+++

Sie war klüger als W., und schaffte es, nicht
unter ihm zu leiden, wenn möglich ignorierte
sie W.

+++

„Hasso" hatte seiner Crew erzählt, dass er
immer ein Kondom in seiner Börse trug,
„das er wohl nie benutzte", lachte sie innerlich.

+++

W. war „Dick und Doof" in einer Person.
Erst später wurde ihr klar, warum sie diese
Serie nicht mochte.

+++

W. war der Alptraum ihres Lebens.

+++

Das Letzte, was sie von W. gehört hatte, war,
dass er im Gefängnis saß.

(Rapsfeld)

Schwere

Sie schleppte sich dahin. Sie hatte Beine wie
aus Blei.
Gestern hatten sie gefeiert, heute war es
schwül. Das alles verstärkte ihr Gefühl von
Schwere.
Es war Freitag.
Sie war auf dem Weg zu ihrem Termin beim
Hausarzt. Sie hatte das Gefühl, sie ginge so
langsam wie mit Gänseschritten.

Das Wochenende ging einigermaßen.

Montagmorgen wurde sie von ihrer Freundin
geweckt, die unangekündigt vorbeikam. Ihre
Freundin erzählte nur von sich und ihrem
Mitbewohner. Ihre Kraft schwand wieder
dahin. Ihr wurde heiß vor Erschöpfung. Das
Müsli lag ihr schwer im Magen. Nach einer ½
Stunde bat sie ihre Freundin zu gehen.
Sie musste weinen.
Vielleicht sollte ich Mittagessen. Nach dem
Essen fühlte sie sich noch schlapp. Sie legte
melancholische Musik auf, legte sich ins Bett.
Im Halbschlaf sah sie das blaue Blinken eines
Krankenwagens.

(Sommerblumenfeld in Vohwinkel)

Sie hatte gestern im Vorgarten gearbeitet. Sie hatte Unkraut gezupft, alte Blätter und Blüten zusammen geschoben und in einen Eimer getan. Dann hatte sie die Erde geharkt.
Bei ihrer Arbeit war ihr ein Gänseblümchenstrauch aufgefallen.
Nach 1 Stunde, sie hatte die Hälfte geschafft, machte sie eine Pause. Sie fühlte sich schon etwas erschöpft und hätte am liebsten aufgehört.
Nach einer weiteren Stunde war sie fertig und mit dem Ergebnis zufrieden.
Sie goss noch die Rosensträucher.
In ihrem Zimmer merkte sie, wie erschöpft sie war.

Dennoch traf sie sich abends mit ihrer besten Freundin in ihrer Lieblingskneipe. Sie unterhielten sich angeregt und sie hatte ein schönes Erlebnis: Jemand hatte ihr ein wunderschönes Kompliment gemacht.
Morgens war sie früh wach und konnte nicht mehr schlafen. Sie machte sich einen Tee und las.
Als sie sich 2 Stunden später noch einmal hinlegte hatte sie Bilder von kleinen Pflanzen vor Augen.

Eine Pflanze schoss einen schwarzen Pfeil in den Himmel.

Dann: Aus der Erde kamen kleine Gewächse, erst sporadisch, dann immer mehr, bis sie zu einer Wiese wurden. Auch der Gänseblümchenstrauch tauchte auf.

Auf der rechten Seite ihres Traumbildes entstand eine lange, weiße Mauer, ähnlich wie Feuerwehrgaragen.

Nun zogen sich die einzelnen Pflanzen wieder in die Erde zurück.

So war das Feld wieder kahl, nur im Hintergrund war ein Torso aus Stein zu sehen. Ein Dekolleté und zwei Stein-Brüste.

Sie dachte noch, da habe ich mich wohl gestern überarbeitet, sonst hätte ich nicht die ganzen Pflanzen vor Augen gehabt.

(Gespiegelte Landschaft)

Haikus

Papa mit Läuse-
Ex am Rosenstrauch
winzig-weiß Ungeziefer.

Läuse in Rosen
ein kleiner Käfer
hat sich viel vorgenommen.

einesgleichen
Läuse im Rosenbogen,
kleiner Marien-
käfer hat viel vor.

Zweig mit Läusen abgeknipst
Käfer auf Mauer
fällt, ist beleidigt.

Frischer Grassamen
auf der Wiese Gips-Hasen
als Vogelscheuchen.

(Löwenzahn und alter Wasserturm)

Flitter-Gold-Streifen
in Einfahrt zwischen
Löwenzahn, Disteln und Kies.

Hey, Rose, was hälst
Du mich mit Deinen
Dornen fest? Lass mich doch frei.

Um das Grab meines
Hasen eine Pracht
Löwenzahn, Gänseblümchen.

Im Beet vor der Tür
zwischen Unkraut und Sträuchern
ein, zwei Maiglöckchen.

Strauch beschnitten, wie
poliert glänzen die Blätter,
Licht für Pfingstrosen.

Zwischen Erschöpfung,
Trauer, Trunk und Schlaf
ein liebes Lied, das Kraft gibt.

(Nützenberger Straße)

Ich hatte eine Flause im Kopf.
Ich entschloss mich, im „Buch der Antworten:
Liebe" nachzuschauen, ich blätterte wahllos
auf und las:
„Die Entscheidung war richtig."
Aber zu was hatte ich mich denn entschieden?
Nur dazu, im „Buch der Antworten"
nachzuschlagen, denn dort stand nichts.
Die Flause verlor sich wieder aus meinem Kopf.

(Morgendämmerung)

Verpuppung

Nachdem ihre Seele in Aufruhr war,
beginnt die Verpuppung.
Es ist, als umgäbe sie ein durchsichtig weißer
Stoff
und sie gehe wie auf Walnüssen. Seelennüsse.
Um diesen Umhang zu durchbrechen,
bedarf es Mut und Kraft.
Dann ist sie wieder frei, lebendig und
lebensfähig.

(Stadtviertel „La Chanca" in Almeria,
Andalusien)

Es ist kurz nach Mitternacht,
aber draußen ist es taghell.
Ich experimentiere mit Büchern und
Liebschaften.
Ein Kondom auf der Anrichte in der Küche.

Plötzlich wird mir klar:
Ich bin schuld an der Verschiebung.
Ich springe auf und weiß,
ich muss handeln,
um die Welt zu retten …

(Irische Burg)

Früher hatte ich nachts
oft Herzklopfen.
Aus Einsamkeit.

Ich erzählte es Dir,
der Schuld daran war.

Du schicktest mich
zum EKG.

Alliteration im Schlafzimmer

Sie: Willige Möpse wäre ein guter Titel für
einen Porno
Er hat sie (nicht) verstanden.

Sie: Fruchtbare Votze.
Er: Furchtbare Votze?

Sie: Pingeliger Penis.
Er: Billiger Penis?

Sie: Moderne Möse.
Er: Modernde Möse?

Sie: Frische Feige.
Er: (nix)

Sie: Naschende Nixe.
Er (von ihr in den Mund gelegt): Neutrale
Nüsse.

Sie: Beleidigende Befriedigung.
Er: Blub

Sie: Matschige Muschel
Er: Blub (nix)

Sie: Saftiger Schaft.

Sie: Faszinierender Phallus!

Sie: Okkulter Orgasmus!!!

Sie: Backige Bäckchen!!!!!

Sie: Ding drin dingeling!!!!!!!!!!!!!!!!!!!!!!!!!!

Er: Was?

Sie (leise): Totes Totem.

Diese Zeilen berichten von einer zukünftigen Zeit, einem kommenden Jahrhundert, in dem es keine Technik, ja, gar keine Elektrizität mehr gibt, da das Stromsystem wegen Überlastung zusammengebrochen ist.

Kein PC, kein TV, ja, kein elektrisches Licht.

Die Menschen haben angefangen, wieder mehr zu lesen; und gerade da liegt ein weiteres Problem.

Es gibt auf der Erde nur noch wenige Bäume bzw. Pflanzen, die man braucht, um Papier bzw. Bücher herzustellen.

Zeitungen waren schon verboten, aber nun kam noch eine neue Regelung hinzu.

Um neue Bücher drucken zu können, musste Papier bzw. Bücher recycelt werden.

Also beschloss man, nach dem Tod eines Autors seine Buchauflagen in den Haushalten der Menschen wieder zu verwerten, sprich: sie wie Altpapier zu behandeln und neues recyceltes Papier für neue Bücher zu schaffen.

Selbst beliebte, Jahre alte, wertvolle Bücher fielen dieser Regelung zum Opfer.

War ein Schriftsteller nicht mehr am Leben, mussten alle seine Bücher abgegeben werden, um sie weiter zu verarbeiten.

Das passte natürlich vielen Lesern guter
Literatur nicht, so dass sich einige eine kleine,
geheime Bibliothek im Keller oder unter dem
Dach einrichteten.

Lesen war beliebt wie nie, und diese kleinen
geheimen Büchereien florierten durch Mund-
zu-Mund-Propaganda.

Man tauschte heimlich Romane und
Sachbücher, obwohl man bei Entdeckung eine
gehörige Strafe, sogar Gefängnis riskierte.

Gott sei Dank waren die Staaten dazu
übergegangen, alle verfügbaren Flächen mit
Baumsetzlingen zu bepflanzen, so dass das
Problem der Papierherstellung in einem
weiteren Jahrhundert wahrscheinlich behoben
sein wird und die Buchliebhaber sich wieder
eine umfangreiche, legale Bibliothek einrichten
können.

(Kornblumenfeld)

Mein Kopf voller
Gedanken ist wie ein
Kühlschrank voller Tupperdosen.

Manchmal sind viele
Gedanken (Dosen) darin,
manchmal wenig.

Die Dosen im Kühlschrank
enthalten Essensreste,
einige Gefäße sind leer.

Doch stelle ich mir die
leeren Dosen vor, sind
sie schon nicht mehr leer,
denn sie enthalten
Gedankeninsekten,
vielleicht Flöhe.

(Berglandschaft mit violettem Baum)

Cher

Ich war soweit. Ich war an der Obergrenze des
Punktes, an dem mein Selbstbewusstsein zu
bröckeln angefangen hätte.
Ich hatte es mit jeglicher Arbeit probiert:
Studium, Hilfsjobs, Büro-Angestellte, …
Zuletzt war ich Überbringerin in einer Firma;
dort in der Buchhaltung fragte man mich, ob
ich schon mal gebucht hätte und ich musste
trotz Büro-Ausbildung gestehen: Nein, hatte
ich nicht.
Betrübt gab ich auf.

Meine Mutter fuhr mich erst eine enge Gasse,
dann einen schlammigen Berg hoch.
Oben war eine Art Klassentreffen der
Berufsschule. Zu meinem Schrecken stellte ich
fest, dass ich noch immer meine zerrissene
Kleidung trug; den Blumen-Rock hatte ich
vergessen zu nähen und auch mein Oberteil
war kaputt. Ich versuchte, das, so gut es ging,
zu kaschieren.
Ich hatte Durst auf ein Glas Sekt, fand aber die
Sektgläser nicht; man gab mir ein Likör-
Gläschen mit irgendwas.

Zunehmend gesellten sich zu den ehemaligen Klassenkameraden andere fremd-bekannte Leute.

Man nahm mich beiseite und sagte mir, ich hätte eine besondere Gabe, ein „Cher"; worin diese Gabe lag, wusste ich nicht genau zu benennen. Man gab mir ein Buch, das von da an meine Bibel sein würde.

Ich sehnte mich nach einer Arbeit, einer Aufgabe, einer Familie, und seien es die Zeugen Jehovas. Also nahm ich an. Ich hatte eh nur die Wahl: entweder ein „Pluderhosen-Mensch", also ein böser Krieger in der Wüste, oder ein verantwortungstragender Cher-Mensch zu werden.

Eine ehemalige Klassenkameradin stieß einen kleinen, weißen Hund in eine Grube, um ihn los zu werden. Hier sah ich meine erste Aufgabe.

Später bei einer früheren Freundin, die auch ein Cher war, wurde mir die ganze Bedeutung meines Entschlusses erst richtig bewusst. Ich sei jetzt Geheimnisträgerin. Ich bekam Stoff, um mir neue Kleidung zu nähen – übrigens der

gleiche, aus dem meine zerrissenen Sachen
waren.

Dann kam eine Doktorin auf mich zu, zog mir
eine Art kurzen Kabelbinder aus dem Mund
und sagte, das sei ein Microchip, auf dem alle
Daten von Wichtigkeit gespeichert seien. Er
wäre 5 Millionen Euro wert.

Man versuchte nun, mein Fluidum wieder
aufzubauen, das ziemlich gelitten hatte.
Der Apotheker-Doktor begutachtete mich und
meinte, dass ich noch etwas weicher sein
könnte, aber so wie jetzt sei ich schon taff.

Nun konnte mein neues Leben als Cher
beginnen.

(Häuser)

Die Leiden des Anton O.

Zwischen uns knisterte es, aber Anton hatte
einen Mangel. Es konnte und durfte nicht sein.
Die Blicke zwischen uns und unsere
Körpersprache verrieten dem jeweils anderen
seine Gefühle.
Anton machte den ersten, deutlichen Schritt:
Er legte mir deutlich, heimlich eine Tafel
Schokolade hin.
Ich dachte: „Oh! Jetzt wird's deutlich."
Ich legte mich zu einem meiner Gefährten, und
Anton kam ins Zimmer, mit den Worten: „Du
bist gemein. So darfst Du mit mir nicht
umgehen." Er weinte, ich blockte innerlich ab,
sagte dann aber doch voller Gefühl für ihn:
„Leg Dich doch mal neben mich …"

(Mohnblumenfeld)

Die neuen Leiden des Anton O.

Wir waren uns sehr nah, auch körperlich. Wir
kamen uns immer näher, liegend.
Eine leichte Berührung der Arme, es kribbelte.
Unsere Münder näherten sich, doch mit aller
Willenskraft riss ich mich zurück.
Ich hätte so gern, aber es durfte nicht sein …

(Atem der Vögel)

Aus dem Leben eines J.

J. gefiel mir gut, ich war vielleicht sogar ein
bisschen verliebt.
Dass mich J. auch mochte, hatte ich gespürt.
Nun ging er davon. Ich sprach mit M.: „Ich
finde J. so nett."
M., die, wie mir in diesem Moment wieder
einfiel, früher mit J. zusammen war,
antwortete: „J. ist schwierig, außerdem hat er
längst eine neue."
J. kam wieder, wir sahen uns an und küssten
uns. Beim Atemholen sagte er: „Tiefer!"
Dann ging er wieder weg …

(Die Düssel)

Im Park

Ich hatte ihn im Park kennengelernt, als ich ein
paar Skizzen anfertigte.
Er war mit 2 Freunden unterwegs.
Sie schauten mir über die Schulter und staunte:
„Das können Sie aber gut!"
3 Jungs um die 14 – 15 Jahre, die Fußball
spielen wollten.
Er, der vermeintlich älteste, war ein eher
dunkler Typ mit schwarzer Brille.

Einige Tage später, als ich in meiner Gegend
Besorgungen machte, begegnete ich ihm
wieder.
Er erkannte mich auch und grüßte mit Fußball
in der Hand.
Danach sah ich ihn öfter, allein oder mit
Freunden, und immer lächelte er mich an und
grüßte.

Als ich einmal leicht beschwipst vor der Kneipe
in meinem Viertel stand und rauchte, kam er
wieder vorbei, mit neuer Frisur – die Seiten
kurz – und ich sagte zu mir: „Der wird in ein
paar Jahren mal Dein Liebhaber sein" …

(Sonnenblumen)

Der Dunkle I

Ich bin Maler, antwortete mir der 99 %ige
Mann, jedenfalls äußerlich, ich kannte ihn ja
noch nicht, Maler, das gefiel mir, Maler und
Lackierer, präzisierte er seinen Beruf.
Das mit den 99 Prozent wurde mir erst später
klar, als es schon fast vorbei war.
Die spitzte Nase, das längere, in der Mitte
geteilte Haar, die Wimpern, auch er hatte eine
Verwundung wie ich.
Dann gab es da noch den anderen, sehr groß,
dunkler Typ, fast schwarze Augen, den kannte
ich schon ein bisschen, er war in mich verliebt,
Beruf: Krankenbruder.
Wollen Sie mal mein Tatoo näher sehen?,
Tutanchamun-Kopf, auch er eine Wunde, hatte
wieder angefangen, zu leben, zog mich aus
meiner Trübsal wegen dem einen, Andi, Beruf:
Dichter.
Gehen wir in das Klassik-Konzert?, fragte Nase,
ich schwanke zwischen ihm und dem Dunklen,
jetzt wird's schwer, dachte ich und entschied
mich gegen Nase, Dunkel zu liebe.
Barfuß kamst Du in mein Zimmer, sollen wir
Billard spielen?, der Blumenstrauß hatte beim
Öffnen der Tür Zug bekommen und war

umgekippt, das Wasser tropfte vom Tisch mit den Bildern – nichts passiert – auf den Boden, ja, gerne, du, Nase, warst anders.

Du küsst leidenschaftslos, ich lag auf Nase, dem 99 %igen, ich hatte mich in ihn verliebt, aber auch ein bisschen in den Dunklen, den Krankenbruder, es half, Andie zu vergessen, auch ein Foto von Andi half.

Bei beiden neuen war es das Herz, der Dunkle hatte eine schwere OP hinter sich, Herzklappe, er frug, darf ich mal Ihre Haare anfassen? Eine Liebeskarte mit Tatoos und Text, Du denkst, die blöde Nase, die „schöne" Nase schnappt mir das Fräulein noch weg, ich besuche Dich, wir trinken Wein, umarmen uns zum Abschied, beim nächsten Mal, Du, ich habe Kopfschmerzen, dagegen hilft küssen, wir küssen uns, aber das war später.

Nase und ich liegen im Bett, auf dem Nachttisch die Bibel, mit Lesezeichen, ich bin erregt, sagst Du, Näschen, wir trinken Tee.

Der Dunkle hat sich „gefreut", als ich neben ihm lag, aber das war wiederum später.

Babys machen, sagt Nase, wir sitzen im Wald auf einer Bank vor dem Rehgehege, wir sind oder waren das schönste Paar weit und breit, oh, bloß nicht, denke ich, Du wolltest Kaffee trinken, hattest Dir eine Kanne aufgebrüht, ich hatte Dich gestört.

Auf dem Weg zu Dir hatte ich gedacht, ich fliege, und wenn ich jetzt sterbe, bin ich glücklich, war es das wert.

Andi sitzt mit „Zwilling" in der Kneipe, ich sehe ihn nur durch's Fenster, der Schmerz ist fast vorbei, ich brauche Dich, sage ich – später – zu ihm.

Der Dunkle macht Urlaub, Nase auch, ich bin allein und falle in ein Loch, als Nase wieder da ist, gehe ich, nimm es als Urlaubsflirt, verletzte ich ihn.

Der Dunkle ruft an, treffen wir uns in einer Kneipe?, er ist mir zu schade, ich verneine.

Dann kommt die Wahl, meine Wunde ist wieder aufgeplatzt, der Dunkle pflegt mich, Nase besucht mich, ich bin glücklich.

Nimm es doch als Urlaubsflirt, sagt Nase und ist weg, ein Kinobesuch noch, ein „Spiegel", zack, weg.

Der Dunkle hat jetzt doppelte Pflege zu leisten, hat freie Bahn, wir „freuen" uns zusammen.

Später – nach Jahren – rufe ich – nach Anraten von Andi – Nase an, ich bin jetzt Bürokauffrau, was, Du kaufst Büros?, fragt Nase.

Ich denke, ich hab mich oder es hat mich
richtig entschieden, vorerst.

Der Dunkle II

Ich hatte mich gerade in des Dunklen dunkle
Augen verliebt, Nase und Andi waren mehr
oder weniger überwunden, da lernte ich einen
Mann mit glühendem Blick kennen, hübsch,
aber mit schlechten Zähnen, er arbeitete am
Hochofen!
Er machte mich direkt an, poetisch, ich war
überrascht und begeistert. Er sprach von
glühenden Blicken, und seine Gefühle waren
schnell, so dass er ein bisschen
zusammenbrach, als er hörte, dass ich einen
Freund hatte.
Wir gingen in eine Taverne und sprachen über
unsere gleichen Jugendverliebtheiten, er
kaufte ein Buch von Hesse, den kannte er noch
nicht, ich einen Roman über besagte
Jugendliebe.
Ich merkte, dass ich immer mehr an ihn dachte,
sprach scheinbar belanglos zum Dunklen von
ihm, da war es schon zu spät, ich war gefangen.
Ich wollte den Dunklen nicht verlieren, aber
der Glüher faszinierte mich, ich verabredete
mit ihm Telefonate, er hatte auch ein Tatoo,
das wollte er mir aber erst später zeigen.

Bei einer Massage bei mir sah ich es dann,
einen Art Engel, der Glüher hab mir, was mir
fehlte, Chopin war unsere Musik.
Zwischendurch wollte ich ihn sehen, aber sein
Fuß war verstaucht.
Ja, ich ging fremd, aber zur äußersten
Vertiefung wollte ich es nicht bringen, Schweiß
unter'm Dach, Grönemeyer, Schmetterlinge im
Eis, ich war in Gedanken halb beim Dunklen,
Wein und Tomatensalat, schnell gemacht, nach
einer spontanen Taxifahrt, ins Haus, am
„Hahn" vorbei, Sex.
Ich sah Dein Hesse-Buch, später tauschten wir
diese, ich las es im Zimmer oben, noch später,
Tränen, Sehnsucht, der der Dunkle war
bemüht, mich zu halten, ich wollte irgendwann
nur noch frei sein, von beiden.
Zur Bewohnung M., Museum, Wiese mit Wein,
Kondome an der Tankstelle, ein letztes Treffen
mit Dir, Glüher, Tarotkarten lügen nicht, das
Gericht, Du wolltest keine Karte ziehen, da Du
Angst hattest, Du hattest inzwischen eine neue
Freundin, ich sprach von Heirat, Du sagtest, ich
kenne diese Affinität.
M. weg, das ging gar nicht, ein paar Wochen
Ruhe, dann doch lieber der Dunkle, als allein
sein.

Dazwischen Regenschauer, Regenbogen,
Hesse, Piktors Verklärung, von mir, E-Mail
leider im Nirvana gelandet.
Dazwischen, einer, der erzählte, Du, Glüher,
seiest tot oder nur eine Stimme aus dem Off?
Dazwischen, allein, aber Du wolltest nicht
mehr, wolltest die andere.
Der Dunkle wollte und blieb.
Später, ein Anruf von Dir, eine Verabredung,
aber Du hattest wohl Angst, kamst nicht.
Noch später, Jahre, eine E-Mail an Deine
Adresse, keine Reaktion.
Noch viel später, eine neue Freundin erzählt
von Dir, schlechte Zähne, Du, Freundin, meinst
doch nicht den Glüher?, er gab sich als Student
aus, ah, also noch krumm.
Eine Frage nach Dir, ich zucke zusammen, nein,
kein Kontakt mehr, der Dunkle ist inzwischen
tot, Andi verheiratet. Ein Foto vom Glüher,
einst und heute eins der kostbarsten
Geschenke im Hesse-Buch.

(Windmühle)

Das Weltenrad
mit ca. 2 Metern
Durchmesser,
darauf dreht
sich das Universum,
gleich einer Kuppel
in einem Planetarium.